Red is Beautiful
Chííh Nizhóní

Written by Roberta John

Illustrated by Jason David

Navajo by Peter A. Thomas

Salina Bookshelf, Inc.
Flagstaff, Arizona 86001
www.salinabookshelf.com

Library of Congress Cataloging-in-Publication Data

John, Roberta.

Red is beautiful = Chííh Nizhóní / written by Roberta John ; illustrated by Jason David ; translated by Peter A. Thomas. — 1st ed.

p. cm.

In English and Navajo.

Summary: With the help of her wise grandmother, Nashasha learns a remedy for her rough skin and the teasing of her classmates.

ISBN 1-893354-37-7 (alk. paper)

1. Navajo Indians — Juvenile fiction. [1. Navajo Indians — Fiction. 2. Grandmothers — Fiction. 3. Teasing — Fiction. 4. Navajo language materials — Bilingual.] I. Title: Chííh nizhóóníí. II. David, Jason, ill. III. Title.

PZ90.N38J64 2003

[E]–dc21

2003006751

Edited by Jessie Ruffenach
Translated by Peter A. Thomas
Designed by Bahe Whitethorne, Jr.

Printed in Hong Kong

First Printing. First Edition
09 08 07 06 05 04 03 10 9 8 7 6 5 4 3 2 1

The paper used in this publication meets the minimum requirements of the American National Standard for Information Sciences — Permanence of Paper for Printed Library Materials, ANSI Z39.48-1984.

Salina Bookshelf, Inc.
Flagstaff, Arizona 86001
www.salinabookshelf.com

Nasháshaa bijeeyi'jį' "Ch'izhii Ch'izhii Ch'izhii," yiits'a' . Yił da'ółta'ígíí doo t'áá' át'é Diné danilį da nidi Ch'izhii danííigo dabózhí. Ch'izhii éi 'at'ééd bikáá' dich'íízh jiníigo óolyé.'

"Ch'ízhii, Ch'ízhii . . .." Those words rang loudly in Nashasha's ears. Although not all her classmates were Navajo, they still called her Ch'izhii, which meant 'the girl with the rough skin.'

T'áá' akwííjį́ Nasháshaa ólta'góó dooghółígi yikʼee bił hóyéé', áádóó shį́ náhodoodleełjį' t'áá' akwííjį́ yiłʼ niʼiłtááh áko doo nááda'ólta' da dooleeł. Yiłʼ da'ólta'ii t'óó baa daadloh dóó t'óó bánidahałt'i' t'áadoo ádaaníní dooleełę́ę́ ch'ééh nízin. Atsá nahalingo tsé daní'áhí bíłátahdi naanjjoolt'ah le'.

Nashasha feared going to school every day, and counted the days when summer would arrive and school would end. She longed to be free of the burning laughter and cruel remarks of her classmates. She wanted to be like an eagle, soaring above the towering rock formations.

T'áá' átahíjį' Nasháshaa hooghangóó chidiłtsxooí yee anáhádááh, áádóó bił yilwołgo yii' ná'iilwosh. Ółta'go yąąh ch'ééh nídídááh dóó chidiłtsxooí yii' dah sídáago biniitsį' bidi'nídíingo yik'ee bił nániidzįįh.

Nashasha always rode the bus home from school, and she usually fell asleep during the ride. The long days at school made her tired, and the golden glow of the sun on her cheeks made her eyelids heavy.

T'áadoo hooyání chidi bikee' deeshzhóód yiists'áago Nasháshaa ch'énádzid nit'éé' hooghandi nádzáá lá. Nasháshaa bił hóózhoodii' honeetehída bi'éétsoh dóó be'ezis nááyiizhchidii' chidiłtsxooí yii'déé' adah dahiite'. Ákwe'é bimásání bíba' sizį.

When the bus arrived at her home, Nashasha was awakened by the sudden skid of screeching tires. Nashasha's heart beat with excitement as she grabbed her coat and bag and leaped off of the thunderous orange bus. Her grandmother was waiting for her.

"Háláane' ee má!"

Nasháshaa bimásání ádibiiltso'go ayóo bił yá'át'ééh.

Honeetehída binák' eeshtó'ąą ádįįh.

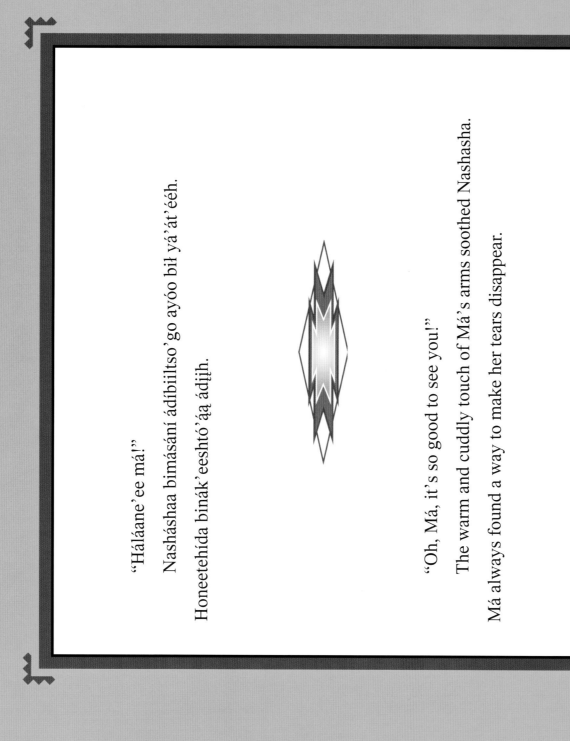

"Oh, Má, it's so good to see you!"

The warm and cuddly touch of Má's arms soothed Nashasha.

Má always found a way to make her tears disappear.

Nasháshaa ayóo Má baa bił hózhǫ́ dóó Má ayóo Nasháshaa biił niłį. Má e'e'áahgo Nasháshaa chidiłtsxooí yii'dę́ę' biił hózhǫ́ǫgo adanáłwo'go ayóo biił yá'át'ééh.

Má made Nashasha feel very special, and Nashasha made Má feel appreciated. Má always looked forward to seeing the joyous glow on Nashasha's face when she jumped off the bus in the evening.

Má doo iiłta’ da nidi Nashásháa t’áá bee biyaa ho’a’ii yee neinitin dóó hane’ t’áá’ aanii ádahóót’įįdii yaa halne’go. Nasháshaa t’áá bił bééhózinii yee neineeztą́ą́’. Má nahalingo ayóo hojiyą́ago t’áá ałtsxoní baa ákoznizin le’ nízin łeh Nasháshaa. Doołádó’ Má nahalingo t’áá ałtsoní bich’į’ ha’jólnii le’, ákot’éego éí áłchíní Ch’izhii daanii nidi doo bik’ee jicha da dooleeł.

Although Má was not educated, she knew how to survive and was full of fascinating but true stories. She had taught Nashasha everything Nashasha knew. Nashasha often wished she could be a wise woman like her grandmother. She wanted to be strong like Má so that she wouldn’t cry so easily when the other children called her Ch’izhii.

I'íí'áągo Má ání, "Shí díí t'áá yéego hasistxih. Nasháshaa díí na'nitin bee nich'į' yáshti'ígíí bee nitsínikeesgo iiná dóó bee diné asdzání yá'át'éehii dííleeł biniiyé nił hashne'." Má yidlohgo aní, "Ei shįį naat'áanii yá'át'éehii dííleełgo át'é, háish dó' bił bééhózin. Naat'áanii yá'át'éhégíí bídįhóyéé'."

"Nashasha," said Má that evening, "I am getting old. That is why I pass on what I know to you . . . so that you will be able to survive . . . so that you will be able to be a smart and successful person in this world." She smiled. "Who knows, maybe someday you will be a leader of our people. We need good leaders."

Má be' ezis biyi' dę́ę́' chííh hayííltsooz. Chííh éí Diné binahaghá' bii' choo'į́.

Má reached into a bag and pulled out a red, earthy material. It was chííh, a native rock used by Navajos for ceremonial purposes.

Má ání, "Díįjį éí chííh ádą́ą́h ál'įįgi bíhwiiditł'áął. Chííh t'óó áhayóijigo choo'į́. Nihikágí bee doo bihodéélnii da. Nihikágí bee hadaałt'é nídáádleeł."

Máa bimásání bił hoolne'ę́ę Nasháshaa yee yił halne', háádę́ę́' shįį díí chííh sáanii chodayooł'įįgo hoolzhish. Áko háagi shįį choo'įįgo hodeeshzhiizh.

"Today I will teach you about the wonders of chííh," said Má. "Chííh is used for many purposes, such as for the healing and protection of our skin."

Má explained to Nashasha that she had learned about the ancient uses of natural resources through oral stories from her grandmother. It was a tradition that must continue.

Nasháshaa Má yił na'nitkaadgo yaa ákoniizį́į' binii' chííh yee néíchigo doo binii' yich'il da t'óó biniiįį' yilzhóólí. Yił da'ółta'ii doo Ch'izhii dabiłnii da daazlį́į'. Ákonidi yee baa daadlohą̨a doo yaa yoonééh da.

Nashasha soon learned that by using chííh when she herded sheep with Má, she could protect her skin and it make it soft. Her classmates stopped calling her Ch'izhii, but Nashasha never forgot the pain the teasing had caused her.

Nasháshaa nineez silįįgo anii' dóó ats'íiskáá' bee dadilzhǫǫhji
binaalye' binaanish áyiilaah. Chííh ałdó' atah baa nahaniih. Yił
da'íílta'ą́ą doo yaa' ádahalchįįhgóó binaalye' baa nidayiiłniihgo yee
binii' dóó bikáá'góó danizhóni dóó daalzhóli.

When Nashasha grew up, she began a successful cosmetic
business and sold a product that included chííh. Many of Nashasha's
former classmates unknowingly bought her product to keep their skins
soft and beautiful.

Nasháshaa éí t'áá nááhwiiz'ą́ą́ nít' éé' tadigháah ch'il iłtaas'éí adaat'éi nihimá nahasdzáán bikáá' hazlį́į'ii yá'at'éehgo ná'oołdzih dóó bee ats'íiskáá' yá'at'ééh níigo ła' dine'é dah náádeiikáahii yee neinitin. Díígi' át'éego éí diyin dine'é nihánideizlą́ą́ nít'éé'.

Nashasha also traveled throughout the world and educated other cultures about the importance of using natural resources from Mother Earth for healing and protection. It was what the Holy People had intended.